KB042123

진성에서 나계성으로

시작시인선 0263 진성에서 나계성으로

1판 1쇄 펴낸날 2018년 6월 12일
지은이 황보현
펴낸이 이재무
책임편집 박은정
편집디자인 민성돈, 장덕진
펴낸곳 (주)천년의시작
등록번호 제301-2012-033호
등록일자 2006년 1월 10일
주소 (04618) 서울시 중구 동호로27길 30, 413호(묵정동, 대학문화원)
전화 02-723-8668
팩스 02-723-8630
홈페이지 www.poempoem.com
이메일 poemsijak@hanmail.net

ⓒ황보현, 2018, printed in Seoul, Korea

ISBN 978-89-6021-375-3 04810
    978-89-6021-069-1 04810(세트)

값 9,000원

진성에서 나계성으로

황보현

천년의 시 작

석탑이 무너지고 모든 나무는 어두워졌다
바람의 공적이다

차 례

시인의 말

제1부

제1부

허수아비

여기는 허수아비를 아주 멋지게 세워놨네

아니구나 사람이구나

사랑과 허기 혹은 사과의 씨와 배

몸을 흔드는 초록의 지평선은
덜 자란 달과 북극성을 흔든다
물고기의 지느러미처럼

허수아비는 말복의 벼를 지키고 있다
아니구나 저 푸른 벼를 지키고 있는 것은
사람이구나

진성軫星

─알에서 올챙이로 변신했다가 꼬리를 잘라내며 새로운 언
어를 가지게 되었다. 이를테면 그것은 걱정과 사랑에 대
한 혹은 받아들임과 흘려보낸다는 것 등의 언어인데 어떤
학문적으로 과학적으로 아무런 연관 관계와 시스템 체계
가 없는 것이었다. 아무래도 별은 제 궤도를 돌기 마련이
므로 떠도는 배꼽을 가질 수는 없었다.

가끔 비가 새던 지붕, 누군가가 불을 꺼야 불이 들어오
는 불을 얻기 어려운 어두운 방 내면의 갈비뼈를 갈고닦아
맑고 투명한 빛을 내야 비출 수 있었던 그 상서로운 불빛

어쩌면
배꼽을 가지지 않으므로
온전히 둥글게 되는 그 하늘 어디쯤
왕족의 흥성을 기원하던 부여의 금와왕金蛙王과 선덕여왕
도 배꼽 대신 한 모금의 물이 되거나 물을 담는 연적으로 연
적에 담긴 물은 먹에서 붓으로 붓에서 다시 올곧은 화선지
로 봉을 세워, 임진강에서 시베리아까지 쉼 없이 날아 재복
신財福神이 되었을지도 모를 일이다

지네, 도마뱀, 전갈, 뱀, 거미들이
좀 더 치명적인
독을 만드는 이 밤
나는 배꼽 대신
새로운 언어에 빗질을 하며

진성軫星[*]의

붉고 둥근 지붕을 올리고 있다.

* 진성軫星: 남방칠수로 주작의 꼬리에 해당하는 별.

안개꽃

안개꽃을 샀다
보라색 그리고 분홍색 안개꽃
하얀색 안개꽃은
안개 속으로 사라진 지 이미 오래였다

꽃을 안고
전철을 탔다
꽃을 안고
사당역과 금정역을 지나 집에 왔다
꽃을 안고
문을 열었다
꽃을 안고 신발을 벗었다
꽃 놓을 자리를 찾느라 밤새 잠을 설치다가
나는 보라 안개꽃에
얼굴을 묻었다

딤플*

목요일은 너무 길어

세상에서 가장 빠른 길을 찾아
좁쌀 같은 미뢰를 지나야겠지

얼음도 없이
화살처럼 빠르게
스미듯 너의 가장 깊은 그곳에
도착하고 싶었지

무릎과 어깨에 하나씩
상처를 나누어 갖도록 하자
상처에서 유록색의 새순이 자라나는 동안
나의 향기를 너의 눈빛에 심어다오

* 딤플Dimple: 위스키 브랜드.

상고대 주목

산이 선으로 보입니다 하얀 선을 따라 눈멀어 건너던 강이 보입니다 배를 타고 당신이 건너고 있습니다 강을 건너면 강 건너에 내려야 합니다 강을 건너면 행복할까 강을 건너 내리면 행복할까 강을 건너면 산이고 또 강입니다 건너고 건너는 사이에 오늘은 눈먼 바람이 붑니다 눈먼 사랑으로 눈먼 바람이 불어와 나의 온몸을 하얗게 감싸고 바람의 방향으로 날개를 돋웁니다 눈멀어 맑은 깃털처럼 가벼운 꽃 수상樹霜

여기는 덕유산
해발 1614미터
나는 그녀를 기다립니다

살아서 천 년
죽어서 천 년
든든한 기둥이 되기를
따뜻한 마루가 되기를
저녁 풍경 소리 울리는
처마가 되기를

온통 타버린 산에서
붉음으로 속을 비웁니다

그대를 처음 만났던
그날의 맑음으로
눈이 멀었습니다

눈이 먼 내가 좋습니다

석탑

너는 무너진 퇴락의 방향을 본다 굴뚝이 측백나무의 밖을 향하고 있는 것을 본다 굴뚝 옆에 연못을 본다 연못 위에서 하늘로 올라가는 연을 본다 연밥을 연잎을 연꽃을 아픈 연꽃들은 무너진 축원을 본다 무너진 축원이 연못을 돌아 문을 향하고 있다 조금씩 다른 각도로 기울어진

이 모두가
너의 그림자를 통과한 풍경
너의 너에게 너를 듣고 있다

나는 너의 그림자를 듣고 있다 봄이 여름이 되듯이 나는 너를 읽는다 여름이 가을이 되듯이 너는 가을이 되고 겨울이 되고 나는 가을이고 겨울이다

크기가 다른 물고기들이 벽에 갇혀 한낮의 더위를 뻐끔거린다 풍향계는 반대 방향으로 돌아간다 반대 방향으로 돌며 반짝거린다 각도를 돌려놓은 것은 음모이고 의도이다 의도, 의도한 만큼 우리는 각을 만들고 있다 기울어진다 열린 문을 따라 능소화는 땅으로 떨어지고 나는 너에게 빛을 보여 줄 수 없는 무너진 석탑 너는 빛을 볼 수 없는 곳에서 그림자의 그림으로 반짝인다

하늘매발톱

그가 문득
카리브해에 가자고 한다
두 바다가 만나는 그곳엔
먼 옛날 운석이 충돌했다는 블루홀이 있다고 한다
블루홀?
하고 되묻는 소리를 따라
푸른빛이 밀물처럼 찰랑거리며 밀려들어 온다
땅만 파며 둥글게 웅크리고 있던 나는
가슴속 깊이 숨겨 둔 매발톱을 들고
처음으로 열린 하늘을 본다

물때 지나 포구로 돌아가는 길을 잊은
배 두 척
밤하늘에 그물을 풀어 별빛을 끌어모으고 있다

다뉴브

우리는 루마니아 동쪽 해안을 따라
협곡에 들어섰다

한 번이라도 제대로 해 봐
낯을 가리는 중이라니까
이거 알아?
물오리나무, 신갈나무, 때죽나무
그는 두, 우, 여, 허, 위, 실, 벽의 북쪽에서 질문하고
나는 정, 귀, 유, 성, 장, 익, 진의 남쪽에서 대답하니
구궁의 중앙 토 자리가 함몰한다

도나우 다뉴브 두나이
도나우 다뉴브 두나이
흘러가는 하늘과 땅을 먹고
전쟁을 할 때마다 이름을 늘려 간다

강을 지나는 협곡은
숨겨 온 검고 붉은 금을 보여 준다
가슴 밑바닥을 가로막고 가야 했던 가로지른 가로줄의 금

별

이팝나무를 지나
등나무 꽃 쏟아지는 벤치를 지나
허물어지고 있는 산언덕을 돌면
붉은 철쭉꽃이 무더기로 무개념 공약을 외치고 있는
토끼탕 집이다
뜨거운 토끼탕에 고단한 하루를 데운 사내들이
철쭉 뒤의 숨은 토끼의 간을 찾아 바위틈을 뒤진다

내 생일은 3월 16일이다
이날
고대 로마 술의 신 바쿠스를 기리는 축제가 있었고
이날
네덜란드 왕국은 성립되었고
이날
차이콥스키의 서곡 환상곡은 처음으로 연주되었다
이날
조선 14대 국왕이었던 선조가 세상을 떠났다

오늘 나는
오래전에 떠나온 별을 생각했다
꽃과 간은 서로 한통속이었다

비

나루였던 것을 잊은
한강 변 건물들이
밤이 되자
와인빛 노을에
몸을 붉게 적시고 있었지

처음에는 비상을 불렀지
날개 꺾인 새처럼
산다는 것을 불렀지
오월의 초이레 달처럼
북한강을 불렀지
새벽안개처럼

세상의 모든 어둠이
비가 되고
빛이 되고
빈 가슴이 되어 강물이 조금씩 거꾸로 흘러가기 시작했지

서산마애삼존불

기차와 선로와 부목이
하이퍼루프를 꿈꿀 때

그는 상왕산 코끼리 물 먹으러 걸어오듯이
창방을 직교하여 기둥을 받치듯이
장선을 건너지르고 동귀틀을 놓는다

어느새 그는 돋아진 흙 위의 성원비*로 나를 이끈다
여기 오고 가는 성원이 있었노라고
실實은 성원은 오고 감이 없었노라고
그는 잠잠히 읽어준다

저녁 예불 종소리에
겹벚꽃 한 잎 한 잎 고요히 벙글듯이

그는 오직 잠잠한 얼굴로
기와에 푸른 이끼 피어오르듯 천천히 오고 있다

---

* 성원비: 서산마애삼존불의 산신각 뒤에 있는 정장옥의 비석이다.
그는 한평생 서산마애석불 관리인을 자처하고 살다가 수계를 받았
고 법명은 성원이다. 스님은 아니지만 속인으로서 한평생을 마애불
과 함께했다고 전한다.

소사나무

그는 지도를 탐색했지
가장 빠른 길을 찾았지
아름다운 꽃과
가장 아름다운 각도의 바다 빛깔을 사랑했지

가끔 그녀는 방향을 잃었고
나이테를 잃어버린 날이면
어린 왕자가 사막에 불시착하기도 했지
거기엔 아무렇지도 않은 꽃과
주름살이 여울처럼 빛나는 모래언덕이 있었거든

그들은
소사나무 숲길을 걸었지
서로 다른 방향으로 여러 줄기가 뒤틀려 자라고 있었지
뒤틀리고 엉킬 듯 자라나는 숲의 그늘에서
그늘이 주는 고요한 맑음을 만지고 있었지

저기 있는 깃발 말이야
어느 나라 국기 같아
사내는 그곳을 긴 손가락 끝으로 가리켰지

그들은 천천히 그곳을 향했지
자메이카 국기였어. 그들은 배에 올라탔지
자메이카만 아니면 되는 그곳으로 나침반을 맞추고
배는 닻을 올렸어.

그곳엔 날다람쥐들이 살고 있지
꼬리를 방향타로 활공하는

고라니

아무도 깨어있지 않은
이른 새벽
계곡의 모든 물은 꿈을 꾸며 시작되지만
나는 어쩌다 엄마와 아빠 사이에 던져지듯 놓여 있었다
엄마가 나의 오른팔을 원할 때마다
나는 아빠에게 왼쪽 팔을 잘라 줄 수밖에 없었다
그것이 아홉 살 어린 내가 지붕 아래에서
살 수 있는 유일한 방법이었다

곧고 짧은 여름털은 성글게 자라나고 있었다
가늘고 긴 네 개의 다리
팔이 잘린 자리에도 봄마다 새순이 돋았다
새벽의 안개 낀 숲을
나는 사랑했다

나의 뼈, 나의 그림자, 나의 밤갈색 꼬리
어느 것 하나 묻을 수가 없는 숲속에서
엄마는 새 보금자리를 틀었다
사구아로 선인장처럼
아빠는 허공에 집을 짓기 시작했다
새끼를 절벽으로 내던지는 참혹한 사랑으로

비염

눈을 자꾸만 깜빡거리는 아이가 있었다

아이가 눈을 깜빡이는 것은
비염 때문이에요

동생이 죽었으면 좋겠다며 손톱을 물어뜯는 아이가 있
었다

아이가 손톱을 물어뜯는 것은
비염이 심하기 때문이에요

손톱 끝에 가시가 푸르게 돋아나고 있다 토마토를 한입에
두 개씩 넣고 붉은 즙을 흘리며 먹고 있다

비염이 심해서 맛을 잊었나 봐요 토마토만 먹어요

참치

동그란 접시에
나비 한 마리 날개를 펼치고 누웠다
무순을 덮고
간장 종지에서 짧은 봄밤 같은 숨결이
그녀의 뜨거운 입술 속으로
천천히 날아든다
아무리 생각해 봐도
너무 멀리 온 게 틀림없다
큰 바다 물속의 기억을 더듬어본다
초승달을 닮아가던 꼬리지느러미는
그녀가 뒤꼭지를 보이고 돌아서는 순간
허탈한 새벽
네 시
목덜미를 시리게 스치고 지나간다

피뢰침

교회 첨탑 위
뾰족한 구리 막대를 달고
너의 참담한 전언을 기다린다

너의 언어는
전류가 되어
높은 산에서 시작되었으나
산을 잃고
깊은 강에서 시작되었으나
강을 잃고

다만
너를 얻는 단 하나의 작은 길
하늘을 향한 긴 손가락 하나

나는 찬란한 역설을 꿈꾼다

이별

여름은 시작되었다

영웅들은 결전을 시작하였고 가을이 오기 전에 모두 죽어
야만 했다 천하를 위하여 단 하나의 온전한 획을 위하여 검
법을 완성하기 위하여 세상에서 가장 따뜻한 아침을 위하여

명분은 어디에나 분명한 음모를 만들었다

영웅들 사이에는 촛불이 있었고 그들의 살기는 촛불을
춤추게 하였다

남자는 모래판에 검으로 글씨를 썼고

아내는 평미레로 모래를 밀었다

그는 몸을 둥글게 굴려 글씨를 썼지만

그녀의 평미레는 글자들을 그저 평평하게 할 뿐이었다

한 획을 긋는 것도 숨을 멈춰야 하는 것을

그들이 겨우 깨닫게 되었을 때

그들은 아주 조금만 헤어지기로 했다 그는 은행나무 숲으
로 갔고 그녀는 어두운 역 주차장을 돌아 길을 잃었다

주차장은 온통 은행나무 숲이었다 노란 은행잎이 역사 가
득 떨어지고 있었다

그녀는 멀리 있는 은행나무를 고요하게 안았다

소박하고 따뜻한 아침을 위하여

그들의

아픈 여름은 시작되었다

영월정

해가 서서히 지는 남한강
왼편의 빌딩들은 오늘의 뉴스를 만드느라
술렁대거나 흥청거린다
오른편 숲속 어디쯤
신륵사는
소나무와 잣나무를 고요하게 품고
달려온 숨을 고르고 있을 것이다

갈 길은 하나
강과 언덕 사이에 있다
강은 북성산 꾀꼬리봉을 향해
정을 다하여 손을 모으고
초여름 해가 가기 싫은 발걸음을 옮기듯이
초이틀 초승달이 떠오르듯이
유정하여
가다 서다 흐르다 머물기를 반복한다

나는 오늘
개결한 초승달을 맞이한다
저녁 이내가 사라질 즈음

하늘 깊은 곳을 향하여

달빛을 따라 솔밭 길을 걸어볼 것이다

망고스틴

이건 아니야 옳은 일이 아니야
어머니의 말처럼 간단히 눈을 감고 머리를 질끈 묶었다
풀 수는 없었지요
그건 비눗방울처럼 둥글고 아름답지만 먹을 수는 없는
것이었죠

쉽게 과일을 사는 사람들은
껍질이 두꺼운 걸 두려워했어요
하지만 정작 그들이 두려워해야 하는 것은
과피 안쪽에 소리 없이 울고 있는 붉은 꽃물이랍니다
천사와 악마가 동시에 나타나 외치기 시작하죠
너의 꽃받침을 잊지 마
여섯이라는 숫자를 잊지 마
네가 세상에 나올 때 지고 온 악마의 붉은 그물을 잊지 마

반으로 자르면
여섯 장의 아픈 천사들이
신음하는 하얀 반달로 떠오르지요

솔밭 길

〈일출보리밭〉 뒷산을 오르면
솔밭 길이다
두 기의 무덤이 한 줄기에서 내려왔지만
서로 다른 방향을 보고 앉아있다
하나는 역수를 하고
다른 하나는 순수국이다
혈은 역수에 든다는데
얼마나
산을 넘어야 역수를 만날 수 있을까
개면開面한 산 아래 깊이 앉아본다.

오월의 파란 저녁 하늘
초승달이 얼굴을 내민다
온종일
강을 건너고 산을 넘고 다시 강을 건너고 산을 넘었을
그가
소나무 뿌리 내리듯 곧게 그리고 깊게
혈의 개면開面을 향해 뿌리를 내리고 있다

채석강

강과 언덕 사이에 파도가 밀려온다 붉은 결로 그녀는 길게 누워있다 여름의 무더운 시간이 더디게 지나가고 있다 초록들이 층마다 무서운 틈을 내고 있다 서로 다른 근원에서 출발했으므로 절벽의 선은 끊어지고 이어지고 결을 따라 쪼개지면서 바람에 단단해져 간다 초록의 물때가 지나간다

바다로부터 출발한 근심들이 땅을 향해 부글거리며 하얗게 올라온다 경계를 넘어가는 물결 경계를 넘는 일은 하늘과 바람의 일이다 물결에 이골이 난 울음들 둥글게 엉기어 느리게 산을 향해 오른다

사람들은 나무를 잘라 계단을 만들고 있다 죽은 나무로 만든 계단 사람들은 계단을 오르고 싶어 했다 계단은 모래에서 시작하고 모래에서 끝이 났다 죽은 나무들은 모래에 머리를 묻고 있다

눈을 바다에 묻은 바위들이 앞이 안 보이는 사랑으로 엎드려있다 거북의 등처럼 갈라져 간다 갈라진 골마다 층들은 내려앉고 길 잃은 어린 게들이 기어 다닌다

그가 그녀를 향해 걸어온다 그녀는 이제 그를 등 뒤에 그림자 없이 세운다 반듯하게 있는 그대로 그의 붉은 물결과 푸른 물결을 세운다 바람결을 세운다 그의 어깨를 넘어오는 바람 그 바람을 타고 그녀는 천천히 뒤돌아 걷는다 이제 걸을 수 있다 저 바다 끝을 향해 걸어간다 저 수평의 평평한 빛 속으로

과천 현대미술관

백남준은 다다익선을 미술관 천장까지 쌓아 올렸다
다다익선
한신 대장군의 목숨을 거둔 말이다

해물 파스타를 먹었다
그는 명화를 보여 주고 싶어 했지만 나는
아직 돌이 채 되지 않은 아기 발에 자꾸 눈이 갔다
해물 파스타는 수저 위에서 춥고 아린 밤의 허기처럼 자
꾸 헛바퀴를 돈다
파스타 속에서 물컹물컹거리던
흑갈색 반문이
배꼽 안쪽에서 위로 아래로 천천히 유영한다
그는 친구의 그림을 보여 주고 싶다고 다시 말했지만
나는 무태장어가 배 속에서 잠들기를 기다려야 했다
지난 오월부터 팔월까지 나는 광주를 오가며 새의 깃털
을 짜고 또 짰다

다다익선은 그 어떤
목숨과 바꿀 만하지는 않았다

풍경 카페

허리를 반쯤 구부린 소나무 그늘에 앉아
커피를 마셨다
송백지절
성삼문은
백이와 숙제에게 수양산의 고사리도
주나라의 이슬을 먹고 자란다고 말했지
역사는 시차를 굴린다
저수지의 권태와
소나무 뿌리에 생기는 백봉령을 생각하다
문득
사랑이 하고 싶어졌다

제2부

구름 카페

이곳은 구름을 만날 수 있는 최적의 장소

뭔가를 단지 소유하려고만 하는 사람들이 가끔씩 나타나서 창밖을 향해 독백을 하지만 아무것도 사랑할 수는 없답니다. 다만 단비를 기다리는 간절한 사람들만이 구름과 대화를 할 수 있을 뿐이지요. 구름아 하고 부르면 조용히 비를 내리기 시작하죠 구름을 부르면 나는 구름이 오기 전부터 이미 천천히 젖기 시작하지요

아 참

잊지 마세요

이제 양치기 일은 다 배웠으니 피라미드를 보러 떠날 때가 되었어요

성경책 한 권을 필사하기 위해 육백 마리의 양을 앞세우고

기와

그가
체리를 샀다
나 체리 좋아하는데
그가
아몬드를 샀다
나 아몬드 좋아하는데
그가
와인을 샀다
나 와인 참 좋아하는데

와인을 석 잔 마시고
체리와 아몬드를 먹고

나를 좋아하는
체리
나를 좋아하는
아몬드
나를 좋아하는
와인과

천 년 묵은 부석사 기와처럼
엉덩이를 맞대고 잤다

거북의 털

구름이 아래로 보이는 소나무 숲에 앉아
우리가 올라온 언덕들과
언덕을 올라올 때 본 것들을 말했다

웃느라 못 본 것도 있고
바람의 방향을 기웃거리다가 놓친 것도 있다

세 마리의 거북이가 서로 꼬리를 물고 있다
등딱지에는 육각 모의 약속이 열두 개씩 새겨져 있다

얻을 수 없는 물건은 거북의 털이고
구하여도 얻지 못할 일은
거북의 잔등에 털을 긁는 것이다
머리와 꼬리와 네 발을 한꺼번에 감추자
소소소 솔바람이 불어온다
시원하고 고요한 산정에서
기웃거리다 놓친 것들이
손가락 사이로 날개를 펼치며 날아간다

어떤 인형

가로등 곁의 나무들은 잠들기 어려웠다

어머니는 인형을 사주지 않았다

시장 한가운데 앉아 우는 나에게 어둑해질 무렵 인형 가게 주인은 인형을 주었다 속눈썹이 긴 인형을 들고 집으로 돌아왔다

그녀는 스스로 서지 못했다

계단에서 잔디밭에서 내 손 앞에서 자꾸 넘어졌다

그녀는 속눈썹이 깊은 눈을 뜬 채 늘 잠만 잤다

어깨 어디쯤일 것이다 가슴 어디쯤 무릎 어디쯤이 아플 것이다

네 가슴에 내 발이 푹푹 빠지고 있는 날이다

몬테스 알파

이기는 것만이 중요했었던 날도 있었다
이마트는 주말을 잘 보내려는 가족들로 붐비고 있다
오창성*을 그들에게 맡기는 것은 아니었다
전쟁을 보는 긴 안목이 없었던 것이다
와인 숍 앞에는
돌이 안 된 아기가 유모차에 누워있다
몬테스 알파를 산다

식량은 항우에게 전쟁의 도구였고
유방에게 식량은 하늘이고 백성이었다
아기는 그 조그마한 입을 오물거리고 있다
식량을 확보하는 것은
천하를 제패하는 시작이었다는 것을 몰랐다 그때는
두 가지 종류의 치즈를 산다
담백하고 맑은 맛으로

오창성을 그들이 가져간 지 오래지만
이미
허기는 사라지고 없었다

몬테스 알파는
와인잔이 없어도
칠레를 떠나온 지 이미 오래지만
슬프지 않았다
갈치호수가 있고
밤하늘 가득한 산 그림자가 있고
아홉 개의 불빛이 하얗게 빛나고 있다

체코는 카프카의 고향이다
곡식 창고를 확보해야 하는 아버지와
끊임없이 전투했던 그는
손에서 입으로의 삶보다
손에서 손으로의 삶을 그리기에 이름을 걸었다

* 오창성: 초한지에 등장하는 지명으로 곡식 창고이다. 항우는 이 지
  역을 유방에게 손쉽게 내주고 결국 패권을 잃기 시작한다.

제부도

저 멀리 누에섬이 보이는
이곳은 뽕나무밭이 필요한데
겉은 푸르르나 속은 시커먼 실타래가 얽히고설켜 있었지

인제 싸우지 말자
어떠한 일이 일어나도 믿고 살자 바다를
피노키오는 바다를 향해 약속을 했어
이제 정말 인형이 아니라 사람이 되고 싶었거든

당나귀의 말을 믿는 게 아니었어 피노키오는
바닷바람을 견디다 절망을 덮고 해안선을 따라 걸었어.
해 저무는 바다는 사람이 어떻게 저물어야 하는지를 알
게 하는구나
중얼거리던 피노키오는 파란 요정을 만났지
하루에 두 번씩 물길을 여는 제부도에서
피노키오가 파란 요정을 만나다니
얼마나 기적인 거야
한물 두메 무릎사리 배꼽사리 가슴사리 턱사리 한사리 목
사리 어깨사리 한꺽기 두꺽기
물은 메가 되고 사리가 되고 꺽기가 된단다.

파란 요정은 말해 주었지 물론 고래 배 속에서 불을 켜는
방법도 말이야.

물때를 너는 물었지
언젠가 너에게 물길을 여는 섬

왕골뱅이

아이들을 집 없는
세상에서 살게 할 수는 없었다

골이 미꾸라지 뱅이를 당하는 날처럼 참혹하게
오늘은 시작되었으나
시의 꽃잎*을 한 잎 한 잎 떼어내도 시가 되는 날처럼
나상螺狀들은 찬란하고 찬란하고 찬란했다

비틀려 돌아간 빈집
물소리가 지키고 있다

* 브레히트의 시집 『시의 꽃잎을 뜯어내다』에서 차용.

늪

어디로 갈까
가장 일찍 만나
가장 늦게 헤어질 수 있는 방향으로

무엇을 먹을까
가장 오래 기억하는 구름에서
가장 빨리 잊어야 하는 행성까지
구름보푸라기 바다얌냠이 초록방울[*]

어디에서 잘까
문짝이 삐걱거려 닫히지 않는
범죄가 재구성되는 거미집에서
검은 산 위에 융단처럼 펼쳐지는 오로라가 있는 알래스
카로

[*] 로렌 차일드의 그림책 『토마토 절대 안 먹어』에서 인용.

연

둥근 밥상에 앉아 저녁을 먹었다
해당화가 그려진 상에서 아버지는 연 종이를 접고 있었다

오늘은 특별히 부탁이 있다 마지막 약속을
기념해야 하는 날이다 그가 가방에서 주섬주섬
먹다 남은 소주를 꺼내 잔에
부었을 때 미역국이 나왔다 한가운데를 동그랗게
오려낸 연의 꼭지를 아버지는 나의 이마에
붙이곤 했다 미나리나물 감자조림 갈치구이를 먹었다
아까부터 배가 고팠는데 더 이상 들어가지 않았다
그가 무슨 말인가 하려고 입을 오므리다가 웃었다
그의 눈빛을 따라 나도 웃었다
연을 높이 날리려면 바람을 읽어야지
비어야 자유의 높이를 가질 수 있는 거야
사과도 씨를 위해 살을 주거든
그가 사과처럼 말했다
이게 정말 사과일까
이게 정말 나일까*

저녁을 먹고 비가 오락가락하는 흐린 하늘로

오장을 파낸 연을 띄우듯**

그를 보냈다

* 『이게 정말 사과일까』 『이게 정말 나일까』: 요시타케 신스케의 책 제목.

** 최명희의 소설 『혼불』에서 인용.

전복의 전언

—인어 공주는 바다에서 가장 아름다운 성에 살고 있었
지. 성벽은 온통 보석으로 장식되어 있었고 지붕 가득
무지개처럼 빛나는 전복으로 덮여 있었지. 그러니까 인
어 공주들의 성은 사실, 내가 태어난 곳이기도 했단다.

물결 모양의 줄을 겨우 몇 개 가지고
지붕에 납작 엎드려 숨을 쉬고 있을 때
너는 나에게 손을 내밀었지

너의 눈빛에 고인 달빛을 나는 바라보았지 위로 솟아 줄
지어 나 있는 나의 단단하고 슬픈 돌기를 네가 가만히 만질
때마다 하얀 꿈들이 일렁거리기 시작했지 슬픈 물결은 돌기
를 드나들며 푸르게 빛나기 시작했지 바위를 굳건히 지키고
있던 나의 발톱에서는 공기뿌리가 자라나고 푸른 대나무 잎
이 조금씩 피어나기 시작했단다

인어 공주는 마녀에게 혀를 주고 발을 얻었지 걸을 때마
다 바늘을 밟는 것 같았지만 기꺼이 아픔을 참을 수 있었
지 왕자의 손을 잡고 비누 거품처럼 걸어서 대리석 층계를
끝까지 걸어 올라갔지 우리는 모두 그것이 얼마나 쓸데없
는 일인지 알고 있었지만 아무도 어떠한 말도 할 수 없었지

아 그랬었지
세상에 쓸데없는 모든 일들은 아름다운 꽃들의 전설이 되

었지 발을 가지게 되었고 우리들의 혀를 통해 세상에 전해
지게 되었단다

  지금 인어 공주의 혀는 어디를 걸어가고 있을까

갈치호수*

초록도 고단한
초여름 오후

털레기로 허기를 데운 뱁새들이
하나둘 일터로 종종종
되돌아간다
갈치호수엔 갈치가 없다는 것을
뱁새들은 이미
알고 있는 것이다

갈대들은
높이를 잘도 맞추어
자라고 있다

날개 끝이 검게 빛나는
황새 한 마리
수면 위를 발가락으로 가볍게 차며 날아간다

* 갈치호수: 군포시 대야미에 있는 호수.

길
—우산 스님

풀이 겁나게는 많어
질이 안 보여부러

낫 들고
풀 머리끄댕이를 확 벼분게
싸가지 없는 풀이

왜요? 뭣 땜시 그란디요?
여그는 댕기는 디가 아니라
우리가 조상 대대로 수천 년 삼시롱
뼈를 묻을 디랑게

기생

미루나무가 커다랗게 자라고 있는 강변
고르곤졸라 피자는 숙성되는 중이다
염소젖 곰팡이가 뜨거운 화덕에서 발효 중이다

미루나무 잎 이는 바람에
북한강 물결이 빛을 내며 부서지고 있다
미루나무는
미루어 둔 것들을 미루고 미련을 부서진 강물에 버린다

곰팡이처럼 숙주에게 기생하고 싶은 날
꿀에 찍어 마지막 남은 한 조각을 천천히 먹는 연인들
몇 통의 기생하는 전화가 왔고 무음을 즐기고 있다

머루가 익어가는 여름 오후
강의 기슭은 잠자리들과 소금쟁이들의 그늘진 공간이다
검은물잠자리들은 썩은 벌레를 먹기 위해 어지럽게 날
아다니고
소금쟁이들은 가늘고 검은 다리로 수면을 성큼성큼 걷
다가
죽은 물고기들의 체액을 빨아 먹고 있다

가시늑대거미 한 마리

가시 많던 길을 더듬거리다가 늑대의 기억을 더듬다가

허공으로 기생하는 거미줄 집을 짓는 중이다

솔이끼

숨 막히는 일상의 더위를 피해 마음의 그늘을 찾아온 사람들은
사천왕의 불거져 나온 부릅뜬 검은 눈과 벌어진 빨간 입을 지나면
단단하게 잡고 있었던 동아줄들을 의심하게 된다

계곡 물소리는 시끄러운 세상을 숨기기 시작한다 물소리는 부딪히고 튀어 오르고 물보라를 일으키며 버리지 못한 썩은 의심들을 잘게 부수어 흘려보낸다

왕버들나무 줄기 혹은 그늘지고 축축한 바위 위에
축축한 속내를 숨기고 실낱같은 헛뿌리를 내린다

무더운 열대에서도 일 년 내내 얼음으로 덮여 있는 남극에서도 어디든
암술도 수술도 꽃잎도 꽃받침도 없는 꽃을 피워야만 한다
헛되고 헛된 솔잎 같은 생각으로 납작하게
엎드려 헛뿌리를 내려야만 한다

몸을 곧추세우고 가늘고 푸른 잎을 돌려 솜털 같은 고깔 하나 머리에 써보아야만 한다

　빗물을 타고 헤엄쳐 홀씨주머니 달린 홀씨 한 몸을 내야만 한다

물고기 잔

천 년을 북제주군 감산리 깊은 땅속에서 붉은 피를 끓이
며 살고 있었다 언제고 마른땅이 열리는 그날이 되면 세상
에 나가 외치고 싶었다 한 치 앞도 보이지 않는 암흑 같은 세
상에서 삭이지 못한 분노는 하얗게 단단해져만 갔고 화산이
되었고 나의 억울한 눈물의 덩이들은 솟아나와 화산 송이가
되었다 메마르고 강퍅한 날들이 계속되고 있었다

눈물로 불빛을 재는 그가 일생 모아온 빗물에 담아 나를
체에 거르기 시작한다 너무나 빠르게 도는 물레 위에서 나
의 뼈와 돌들의 전쟁은 시작되었고 단단하게 내동댕이쳐지
는 시간을 견디게 해주는 것은 다만 물고기를 만나고 싶다
저 푸른 바다를 보고 싶다는 일념이었다 그 언젠가 할 수
만 있다면

소나무 가마에서 우리는 서로의 미래를 예측할 필요가 없
었다 무릎을 꿇어야 했던 오욕의 시간과 마지막 한 방울 남
은 증오를 깃털보다 가벼운 재로 만드는 막연하고 막역한
시간. 모든 스쳐 지나온 시간은 우연이 아니었다

막연함의 그 끝, 인간이 만들 수 있는 온도의 끝에서 불길은 사그라들었고 소나무의 재들은 그들이 날고 싶은 은하수의 기억을 따라 문양을 새겨 넣었다 숨 막히는 가마의 문이 열렸을 때 세상의 모든 물결은 잔잔하게 빛나고 있었다

　　파란 물고기와 빨간 물고기가 가슴에 새겨진 잔이네요
　　여기에 헤이즐넛 향이 나는 커피를 내려 담으면 좋겠어요

　　먹구름이 낀 날에도 바람 부는 날에도
　　어쩌면 폭설이 오고 교통이 두절될 그 어떤 날에도
　　메타세쿼이아가 자라고
　　백일홍, 산수국, 접시꽃이 있는
　　아, 한쪽에는 참깨꽃도 피어야 하고요
　　고구마 넝쿨도 좀 자라야 하는 이 찻잔을 기억하고 싶어요

목마

자작나무 숲속
광야로 가는 구름을 기다리는 목마가 있다

그는 능히 성을 넘고 강의 흐르는 물살을 달렸다
오추마이거나 적토마로 명성을 날리기도 했다
검은 털빛은 영광의 빛이었고 붉은 깃털 갈기를 날리며
패배를 몰랐으나
어떻게 회전목마가 되었는지 아무도 알 수가 없었다
제국을 기념하며 아침부터 저녁까지 묶여서 돌기만을 반
복했다
안장을 등에 두르고 가슴에 금빛 훈장을 달고 있었지만
그것은 모두 제국의 기쁨이었다
회전판 천장의 아기 천사는 맑게 웃고 있지만
거대한 회전판 안에서 밖으로 나가는 길은 보이지 않는다
매일매일 판이 원하는 장단에 춤을 추며 취한 밤은 계속
되었다

온 도시가 불에 타는 꿈을 꾸며 촛불을 들었을 때
황금 사과의 주인을 다투는 전쟁은 시작되었다

전쟁은 언제나 판을 바꿀 수 있는 기회이다 그는 전쟁을
향해 촛불을 들고 용감하게 나갔다
하지만 판을 돌리는 것은 역시 꾼들의 몫이었다 시위에
얹힌 화살이었다

백낙*을 만나지 못한 목마의 눈은 희미해져 간다
소금가마를 나르던 날개와 두 개의 뿔을 생각한다

제라늄은 빨갛게 피어있다

* 백낙: 별 이름, 명마를 알아보는 사람.

선물

소녀의 머리 위에는
배가 빨간 검은 머리 새가 앉아있다

누구에게나 그럴듯한 명함집이 필요하지

급할 땐 볼펜도 하나 없는 거야

USB는 늘 주인을 잃어버리거나 기억을 지우기도 하지

단원은 혼신을 다해 그린 그림이 손수건이 되어 기계로
팍팍 찍혀, 온 세상으로 날아다닐 것을 꿈에라도 생각했
을까

뭐 거북이도 납작하게 엎드려 냄비 받침으로 살아가는
세상인데

칼을 갈고 갈아도

분홍 손수건 한 장이면

반야바라밀다심경이 되는 거지

농월정

스스로 불덩이가 되었던 너는
선덕여왕의 팔찌를 안고 잠이 들었지
이유 없이 불이 난다고 사람들은 말했지

나는 이제 그만 너를 보내려고 한다

넓어진 바위 가슴마다 잦아진 물을
고이고 고이고 고이는 일
달과 별과 절망을 헤아려보는 일을
이제는 그만하려 한다

유배의 부당함을 외치다 갈라지고 패인 네 개의 기둥으로
평평하고 평등하게 달을 희롱하려 한다
흐르는 물을 내려다볼 수 있는 지족
피라미 동공에도 붉은 반점은 있다
푸른 등의 굽어진 눈물은
물을 거슬러 오를 수 있는 자유를 얻기에 충분했다

소나기가 후두둑 떨어지고 저만치 개울둑을 지키던
소년과 소녀는 달려간다

이건 고마리, 이건 물봉선, 이건 달맞이, 이건 원추리
흙물이 배인 무명 겹저고리
푸른 바다로 흘러들다 까무룩 잠이 든다

아리다

곤드레 밥을 먹었다
먹는 것보다 잠이 더 급했지만

은행에 갔다
도서관에 가야 했지만

지하철역에서 헤어졌다
그의 눈썹을 만지고 싶었지만

이제 곧 하지를 지나 찌는 더위가 올 것이다

거미줄

　호수 위로 바람이 아파트 그림자를 흔들며 지나가고 있다 나는 빵과 포도주를 읽는다 갈대는 해 뜨는 곳을 향해 죄인처럼 고개를 숙이고 있다 그는 너무 많은 것을 버린 사람이다 그가 밥을 먹는다 오랜만에 파란 하늘이다 가로등 아래로 아이들이 우르르 지나가고 있다 그는 고장 난 전축이 있던 자리에 앉아 티브이를 보고 있다 나무 그림자 위에 낙엽들이 기울어가는 별빛을 주워 담고 있다 얼마 전부터 왕거미 한 마리가 줄을 치고 있다 그는 다시 컴퓨터에 앉아 카드게임을 하고 있다 따뜻한 쌀밥 한 그릇이면 아늑하고도 가득했던 날이 조각조각 줄을 그으며 지나간다 그는 입을 벌리고 긴 낮잠을 잔다 편의점에서 너구리 라면 다섯 봉지를 사서 어린이집을 빙 돌아 나온다 아직은 초록인 목련과 검은 목련이 나란히 사랑찬 어린이집 앞을 지키고 서 있다 그는 자장면을 혼자 시켜 먹고 있다 나는 세탁기를 돌린다

나무와 갑주*

계곡물이 조용히 흘러가는 어귀
쇠 갑주를 두르고 전장에 나갈 태세를 다짐하는 나무가
있다
밤마다 술병을 깨던 철제 판갑
거울과 달빛을 깨뜨리던 뼈로 만든 판갑은 가죽으로 연
결되어 있다

삭아질 듯한 금칠도철갑을 두르고 있는
느티나무는
밑동 저 아득한 곳에서
앞이 캄캄한 물을 길어 올린다

산언덕은 밟히는 곳마다 질경이 풀밭이다
땜빵이와 짐꾼들의 헐거운 하루는
여기서 다시 녹슬기 시작한다
전차 바퀴가 굴러도 질경이는
떨어지는 갑주의 비늘을 먹으며
흰 구름
지나간 마차 바퀴를
기억한다

잠깐을 살고 가는 그들이

천년을 사는 느티나무를 갑주 속에 가두고

두석린갑주, 두정갑주, 피갑주, 쇄자갑주, 면갑주, 홍
갑의

미늘을 황동 못으로 박아

질경이 풀밭에서 시위하고 있다

* 과천 현대미술관 설치작, 최재은의 〈과거, 미래〉에서 착상.

지금 여기

밤의 숲길을 걸었네
왼쪽 숲에는 사슴들이 뛰어놀고 있었네
온몸이 노란 불빛으로 휘감긴 눈이 없는 사슴들
사슴이 아닌 사슴들 위로
나무들은 자라고
나무가 아닌 나무들 옆으로
해파리들이 날고 있었네
분명 여기는 밤이고 지금 숲이었는데 하고 되돌아보니
깊은 바닷속으로 그가 잠기고 있었네
밝은 길이었던 여기는 어둠으로 하얗게 잠기고 있었네
그는 오래된 기억을 따라 여기에 왔노라고 말했네
하지만 이 검은 숲은
기억을 잊은 지 이미 오래였네
라벤더 향기를 가득 담고 환하게 불을 밝히고 있는 저편
으로
숲길을 하얗게 가르고 기차는 밤을 달리고 있었네
기차가 나무의 속도를 건너가며 내는 소리
그는 나무의 기억으로 잠기는 중이었네
검은 심지를 뜨거운 울음 속에 담그고 나는 들을 수 없는
유리 벽의 저편에서 양초가 되어 흘러내리고 있었네

나무가 아닌 나무들
해파리들의 물결을 따라
한때 나무이고 한때 그에게 검은 심지이던 순간이
기차 소리를 따라 지금 여기를 흘러내리고 있네

여담

그는 주제로 향하는 나의 발목을
질척거리게 한다
곁가지를 치고 나가서 늘 되돌아오는 길을 헤매게 한다

이른 봄날 새순 나오는 것도
새순 자라는 시간도 모르게 한다

곁가지의 끝, 잎맥의 끝에 매달려
무게를 이기지 못하고 떨어지게 한다
다른 세상이 분명 있을 거라며
동쪽을 향할 때 항상 반대편을 가리킨다

주제의 뒷골목을 헤매는
갈지자를 그리며 늘어진 시곗바늘을 가진 그는
내가 모르는 어휘 사전을 찾는 사이
뼛속까지 숨어들어 와 캄캄한 바람을 일으킨다
혀끝부터 손톱 끝까지 씁쓸하다

제3부

주머니와 보자기
―안혜경展

차마
꽃이 져도
잊을 수 없는
속을 비워 내어 가벼워진
주머니

별꽃 하늘 꽃 촘촘히
물들인 꼭지 맑은
조각보

결마다
비워서 맑아진 사랑
햇살은 지심으로
옹이 진다

인연
—삼청각 조각보

삼청각 정면의 재색 벽에 조각보 한 장이 걸려 있습니다. 커다란 사각형의 조각보 안에는 조각조각 사각형이 보일 듯 말 듯한 바늘땀으로 연결되어 있습니다. 그 흔하디흔한 꽃잎도 한 장 없는 속내가 궁금해집니다. 손가락 한 마디 혹은 두 마디 세 마디의 마디를 연결하고 있는 사각형. 소목의 붉은 물과 치자의 노란빛 그리고 쪽빛 잿빛이 조용히 넘실대고 있습니다. 진사辰砂 빛깔로 타들어 가던 시간과 쪽빛을 끓이던 시간이 봄, 여름을 지나 서로 다른 빛깔로 각을 세우며 가을, 겨울 붉고 흰 울림을 만들고 있습니다. 조선의 어느 규방의 여인이 몬드리안이 되고 몬드리안은 다시 여기에서 조각보를 읽고 있는지도 모릅니다.

조각보를 이루는 한 올 한 올에는 내 첫사랑의 물소리가 흘러가고 흘러가서는 영영 오지 않는 이룰 수 없는 사랑의 빛깔들이 인연의 다른 길과 섞여 또 다른 길을 만들고 그래서 내가 여기 서 있는 것이 우연이 아니고 조선 여인이나 몬드리안으로 거슬러 오르다보면 어쩌면 한 피를 나눈 여인들일 것이라는 생각을 문득 하게 되었는데요, 취한당 낮달에 잠긴 취한당…… 그런 솔향기와 항아리의 그림자 조각보의

시간들 속에서 오래오래 천천히 함께하고 싶은 그런 사람과
밥을 먹고 싶었습니다.

경계

아버지들은 고기잡이를 나갔다 돌아오지 않았다
찢어진 다홍치마 몇 조각 걸린
타락한 배만 돌아왔다
부둣가를 서성이며 손가락을 물어뜯던 어머니들은
할 수 있는 것은 무엇이든 다 했다

바다와 모래 사이에는 푸른 절망의 경계가 있었다

바람에 눈이 먼 동생들은
허물어져 가는 산에 올랐다
둥근 거울을 깨고 등이 무르도록 붉은 벽돌을 쌓았다

뭍에 사는 모든 생명붙이들이 푸른 바다에 붙잡혀 있었다

갯벌의 컴컴한 어둠에
끝없이 수모를 당하던 할머니들은
끝없이 밀려오는 파도의
머리카락을 밤새도록 잡아 뜯었다

검은 갈매기 한 마리가 검은 꽃가지를 물고

산으로 산으로 산을 향해 간다
검은 바위에 또다시
노란 꽃 무더기가 자라고 있다

무관사부동無關事不動

너는 나를 띄엄띄엄 알고 있는데
여기는 바다거든
바다라는 건 말이야
소주 한 병에 취한 그의 눈동자 속으로
갯벌 바다 하늘 술
다시 갯벌 바다 술 다시 바다 섬 술 다시 바다 하늘 술

갈매기 한 마리가
띄엄띄엄 알고 있는 너와 나 사이를 스쳐 지나간다
띄엄띄엄 돌이 될 것 띄엄띄엄 소금 기둥이 될 것

수평선 안개 위에는 바람에 푸르게 흔들리는 섬이 있다

물이 빠질수록
너와 나는 점점 멀어지고
갈매기들의 땅은 줄어든다

풍력 발전기의 날개는 육중하게 서 있다
바다와 갯벌과 갈매기를 향해
관여하지 말 것

움직이지 말 것

쓰레기를 주워 먹지 말 것

물수제비

넓적하고 편편하고 얇은
파도와 파도 사이를 날렵하게
바람을 가르고 날아간다
제비처럼

끝내 하지 못한 말 한마디
해변도 심해도 아닌 서너 발자국
저만치 너의 목구멍 속으로 꿀꺽
삼켜지는 돌 한 덩이

자원봉사

작은 도시를 돌아나가는
개천은 도로의 변두리를 돌고 있다
한 발짝 뛰면 넘을 수 있는 작은 실개천에
등 검은 잉어들이 물길을 거슬러 오르고 있다
뻐끔거리며
물을 맑게 한다
뻐끔거리며
비가 내리고 있는 하늘을 가끔 본다
뻐끔거리며
실개천 옆에 물냉이들 자라고 있다

부교

그래 맞아
반드시 다 건너야 하는 건 아니야 건너야만 한다는 건 아니야
니야
그래서 지금 여기는
흔들리는 돛
두 개의 여우섬 사이에
갈매기들이 돌처럼 앉아있어

아무도 기다리지 않는
바람으로
너는 나를 건너는 중
너는 오늘을 건너는 중
기다리지 않고 바람을 읽고 있는 중

물길의 기억을 구불구불 간직한 모래언덕에 가면
바람의 속도를 따라 이동하는 농게들이 있어
다다다 달려가는 발자국 소리를 들으면
섬과 섬 사이에 사슬을 매고
바닥을 잃은 나무들이 보일 거야

해가 지는 것도 잊고 땅따먹기 놀이를 했지
아무리 많은 땅을 먹어도
바람 한 번 세차게 불면 모두 다 흔적도 없이 사라지곤
했지

돈

돈은 일정한 거리를 두고 돌고 돌고 돌았다 그는 돈을 따라가고 돈은 그의 뒤를 쫓았다

돈과 그는 나를 바닥에 주저앉히고 빠르게 돈다 어지럽다 아버지 이제 그만, 그만 돌아요 집으로 가고 싶어요 우리 집 앞 느티나무 그늘에서 장기를 두던 노인들도 지금은 모두 느티나무 그늘 속으로 들어갔어요 느티나무 그늘에서 눕고 싶어요

우리가 할 수 있는 일은 슬픈 영화를 보는 일

슬픈 음악을 들으며 슬픈 가락을 따라 느티나무의 나이테를 따라 걷는 일 마룻바닥의 오래된 얼룩을 닦는 일 누룩처럼 발효된 얼룩에 기대어 한나절을 보내는 일 발효된 슬픔과 함께 익어가는 일 굴뚝에서 연기가 피어오르고 있어요 저 멀리 강 건너에서 눈물 먹는 점을 근심하던 할아버지가 손을 저어요 느티나무가 속을 커다랗게 비우고 있어요 노인들은 끝나지 않는 내기 장기를 두고 있어요

마루 사케*

마루를 남기다니
그럴 수는 없지
둥근 얼음 통에 눈처럼 하얀 얼음
하얀 얼음 속에 파란 유리병
파란 유리병 속에 맑은 사케
사케는 맑고
너의 눈은 맑고
너의 모든 시름이 사케처럼 되기를

사케와 사케 사이에
쏟아지는 시름

그래 오늘은
사케를 공부하자
사케를 곰곰 암송하다 보면
시름은 사케가 될 것이니
시름시름 시르름을 읽어보자

* 마루 사케: 일본 사케의 한 종류.

갯메꽃

여기는 사하라 사막이다
여기는 아라비아 사막이다
엎드려 이루어지는 대로 이루어지길 기도할 것
엎드려 흔드는 대로 흔드는 만큼 흔들릴 것
부서지고 부서져 함부로 집을 짓지 말 것
중얼거리듯
모래들은 바싹바싹 엎드려 조금씩 조금씩 어디론가 가
고 있다

바다를 견디며 바람을 견디며
어깨와 어깨들 사이에서
손가락과 손가락질 사이에서

가야 한다면 가리 사하라 사막으로
해야 한다면 하리 아리비안의 천일야화처럼
엎드려 이루어지는 대로 이루어지길 기도할 것
엎드려 흔드는 대로 흔들리고
흔들릴 것

바다가 잠잠하길 바람이 잠잠하기를

바라지 말 것

다만
편서풍을 등에 기대고
주먹 쥔 손바닥을 펴듯 꽃잎을 동쪽으로 가만히 펴 보
일 것
이마의 드문드문 끊어진 주름은 숨길 것

계단

세상 곳곳을 날아다녔다 그녀는 나에게
무서우냐고 물었다
나는
흙을 얼른 집어 먹었다
이리하여 나는 살아오는 동안
밤에 길을 잃었을 때
비행 날개를 접어 숨기는 법을
날개를 만드는 법을
날개를 부수는 법을 배웠다

동굴 밖에서 비단뱀은
박쥐를 씹지도 않고 통째로 집어삼키고 있다

비단뱀을 본다

나는 비단뱀을 배 속에 그려 넣었다 곰곰이
더 이상 꼼짝도 하지 못한 채
여섯 달 동안 비단 같은 잠만 자며 앓고 있다

담천

자 살금살금 걸어봐
조금 더 저기까지 걸어봐 네가 고수라는 것이 들키지 않게
너의 발자국을 알아챈 갈매기가 한 마리쯤 날아갈 거야
무리가 많은 쪽으로 좀 더
믿을 만한 먹이가 넘치는 곳으로 한두 마리쯤 날아갈 거야
저기 두 마리 봐, 날아가지?
자 이제,
모래성들이 모두 다 무너지도록 저기까지 달려가는 거야
갈매기들 모두 모래사장 위를 일제히 날아 남쪽으로
하얗게 나는 척 혹은 까맣게 나는 척하다가
결국 오징어 내장이 썩는 방향을 찾을 거야

현무불수자거시玄武不垂者拒尸
북풍이 불어온다

먹이사슬

사무라이의 칼을 어느 시장 뒷골목에서 사다가 반으로 뚝 잘라
회칼로 쓰는 사내가 있다
그는 삼십 년 전 삼치의 결을 따라 살을 저미던 그의 스승의 맛을 잊지 못해 횟집을 차렸다고 한다
순식간에 결을 가르고 그의 눈이 원하는 방향에 따라 등이 푸른 삼치는 하얀 그릇에 담겼다

지끈으로 둥글게 말린 전등 아래에서 곰곰
사내는 칼의 역사를 거슬러 올라간다
어릴 때 버려진 그를 돌봐 주던 누이의 하얀 목덜미를 떠올린다
손님이 다 가고 문을 내린 늦은 밤 칼들을 벽에 가득 꽂으며 사인검을 생각한다
인년寅年, 인월寅月, 인일寅日, 인시寅時를 택해 타조打造하여 현묘한 도리를 하라
베어 바르게 하라

푸르고 넓은 바다를 가르던 뼈에 대한 기억을 더듬어본다

바르게 베어야 한다 베어 바르게 하라 결을 바르게 하라

칼날에 몸을 의지해야 한다 마지막 호흡을 하는 그 순간
까지 눈을 부릅뜨고 바다의 푸른 물결을 지켜라 물결을 지
켜라 결을 지켜라

수태

밤새 잠들지 못한
누군가 목 놓아 울어야 하는 거울이다

어디서부터가 점선인가
비상등을 켜고 안개를 따라 겨우겨우 도착한
이곳은 뜬금없는
생태식물원이다

솔나리 꽃범의꼬리 자귀나무 화살나무를
처음 보던
그때부터였을까
한순간에 해가 저물듯
천상을 운행하는 은빛 별들의 침묵하던 문장이
가슴으로 날아와 깃을 친다
되짚고 되짚고 되짚어
몇 걸음만 되돌아서면
홀리듯 홀린 쪽으로 홀려
한 척의 밤배가 된다

모연을 찾아가는 사람들의 눈은 멀어진다

기꺼이 타락할 바다로 가는
마지막 통증이 분열을 시작했다

나계성*

녹우당에 앉아서 덕음산을 바라보니
비자나무 수피 속에서 숨비 소리 들려온다
나후성 계도성처럼 촘촘한 나이테처럼

깎아도 깎아내어도 바윗덩이의 푸른 울음들
낮에는 해를 지키고 밤에는 달을 지킨다
깎아도 깎아내어도 바윗덩이는 깊고 푸르다

총총한 나이테들은 폐허이고 거울이다
너의 뼈를 만나는 그날까지 비밀을 간직한다
고운 숨 나무에 올라 탯줄은 자라난다

* 나계성: 나후성과 계도성을 아울러 이르는 말로 해와 달을 지켜주는
별 이름.

사랑의 소리

꺾는소리가 슬픈 건
다른 소리를 끌어오기 때문

머물 수 없는 소리 잠 못 드는 빗소리
하지도 않은 약속을 기다리듯 오는 듯 가는 소리
휘어져 보이지 않는 재 너머의 길에 앉아
가슴 언저리 가늘고 길게 영글게 하는 소리
마르고 말라서 나이테 촘촘해지는 소리

몸 빌려 세 든 소리가
누르고 뜯는 소리

퇴고

너는

물소의 뿔을 들고

하늘로 올라가는 중

새벽은 가파르게 휘어지고 새벽은 찌를 듯이 휘어지고

너의 물결을 만져봐 너의 가장 깊은 그곳의 물결

닮고 싶은 문양을 온몸에 새기고 새기고 지우고 새기고

문양이 오래되면 전통 문양이 되는 거야

사각의 벽마다 사각의 창문 너는 문마다 덧문을 달았지

필리핀, 미얀마, 베트남, 라오스, 브루나이, 태국, 인도네시아 어느 나라 집이 좋을까 아무리 돌아도 여기는 아세안 아무리 돌아봐도 보이는 까만 눈의 오탈자들

인도네시아 배가 하늘로 올라가는 집 인도네시아. 인도네시아.

송곳니 사이로 시아,* 하고 마침표를 찍으면 시원하게 한 줄기 바람이 솟아나오더군

언젠가 원고를 넘기면 배를 타고 하늘로 가는 집에서 잠을 잘 거야

하늘을 나는 기분일 거야

너는 다시 하늘의 별을 보며 집을 찾기 시작했지 그럴 줄
알았어 수성 다음이 금성인가 목성 다음이 토성인가 수성,
화성, 목성, 토성, 천왕성, 해왕성, 명왕성, 행성의 겉보기
운동은 모두 동쪽으로 갈지자를 그리며 운행을 하지
　낙산이 낮아 홍인지문이 된 것처럼 낮은 산을 돋아 올리
는 산맥을 닮은 글자를 하나 넣었다가 빼본다 내 별을 찾아
가던 길을 반 바퀴 돌아 뒤로 돌아갈 때는 자꾸만 별이 희
미하게 보이는 거야

　수성이 좋아 물이 있잖아 갈증이 많은 너를 위해 수성으
로 가자
　그리고 팔을 뻗으면 너의 손이 닿는 아주 소박한
　오두막을 하나 지어야겠어

＊ 시아: 인도네시아의 마지막 두 음절.

치유의 시학
—비, 바람, 별 그리고 시와 시인을 위하여

전해수(문학평론가)

2010년『시문학』으로 등단한 황보현 시인은 시로 등단하기 이전에 이미 동시와 수필로도 활동한 이력이 있다. 황보현은 2008년『아동문예』동시 신인상과 2009년『에세이스트』수필 신인상을 앞서거니 뒤서거니 수상하였으니, 2008년을 기점으로 하여 해마다 동시, 수필, 시를 연달아 창작해 온 것이다. 황보현의 문단 이력이 '동시'에서 시작하여 '에세이'로 이어지다가 '시'로 결집된 점은 매우 중요한 단서로 작용한다. 시집의 목차를 에둘러 보아도 시인이 사용하고 있는 시제詩題는 (동시에서도 사용될 법한) 단정하고 명료한 '단어'들이며, 소재 역시도 비, 별, 바람 등 맑은 동심과 연결될 뿐만 아니라 시의 구조 또한 동화와 신화 등의 이야기에서 차용한 변용된 방법론이 눈길을 끈다. 예컨대, 피노키오(『제부도』), 인어 공주(「전복의 전언」), 선덕여왕(「나무와 갑주」), 트로이의 목마(「목마」)에 착안하여 펼쳐지는 문학적 상상력은 '동시'와 '에세이'를 모두 써본(관심을 둔) 시인의 이력과 무관한 것은 아닐 것이기 때문이다. 특히 시인이 독서 글쓰기 지도와 관련한 일에 종사하고 있다는 점은 시의 제목, 제재, 시적 구조와 시상의 전개 과정 등 황보현 시인의 시 세계 전반에 매우 깊은 연관이 있는 듯하다.

결론부터 말하자면, 황보현의 시는 치유의 과정으로 쓰이고 읽힌다는 점이 특징적이다. 시인이 시를 짓는 여러 이유들 가운데 '치유'로서의 글쓰기(시 쓰기)는 황보현 시인에게는 단연코 중요한 의미라 할 수 있다. 문학의 주기능이 상처를 보듬고 뜨거운 눈시울을 적시는 정서적 치유의 과정과도 관련 있다면, 문학을 통해 치유되는 경험들(과거의 상처나 연민의 감정들)은 황보현 시의 중요한 지점이라 해도 틀리지 않다.

① 여기는 허수아비를 아주 멋지게 세워놨네

아니구나 사람이구나

사랑과 허기 혹은 사과의 씨와 배

몸을 흔드는 초록의 지평선은
덜 자란 달과 북극성을 흔든다
물고기의 지느러미처럼

허수아비는 말복의 벼를 지키고 있다
아니구나 저 푸른 벼를 지키고 있는 것은
사람이구나

―「허수아비」 전문

② 곤드레 밥을 먹었다
　먹는 것보다 잠이 더 급했지만

　은행에 갔다
　도서관에 가야 했지만

　지하철역에서 헤어졌다
　그의 눈썹을 만지고 싶었지만

　이제 곧 하지를 지나 찌는 더위가 올 것이다

―「아리다」 전문

　황보현 시의 특징은 시 「허수아비」와 「아리다」가 보여 주는 바와 같이, 간결하나 군말이 없는 명료함과 어린아이처럼 순한 진심이 담긴 시편들에 있다. 황보현 시인처럼 "허수아비"에서 "사랑과 허기 혹은 사과의 씨와 배"를 읽을 수 있는 이는 많지 않다. 게다가 "덜 자란 달과 북극성"을 올려다보는 시인의 시선은 땅과 하늘 그러니까 지상과 천상의 모든 사물을 주시하며 함께 읽어내고 있다.

　시 「허수아비」는 말복의 더운 여름날 온전히 하늘을 떠안으며 "푸른 벼를 지키고 있는" 사람의 형상을 한 허수아비, 아니 허수아비의 형상을 한 사람을 시화詩化한다. 첫 구절

"여기는 허수아비를 아주 멋지게 세워놨네"는 '동시적童詩的 발상(혹은 동화적 발상)'이며 "아니구나 사람이구나" 역시도 '동시적童詩的 상상력(혹은 동화적 상상력)'을 잘 보여 주는 대목이다. 특히 "사과의 씨"와 "북극성"을 이어주는 시적 상상력의 확산은 동심童心에서 기인한 것이 아니라면 불가능한 표현일 것이다.

시 「아리다」 역시 '일상의 행위'를 그대로 보여 주며 감정의 (무)의식적 상황을 적시하고 있다. 누군가를 만나 함께 밥을 먹어야 하고 은행에 가야만 하는 당면한 (행위적) 일상은 잠을 자고 도서관에 가야 하는 나의 개인적 목적성보다 우선하는 현실을 맞닥뜨린다. 당면한 현실 혹은 타인과의 교류가 앞서는 상황은 때로 찌는 무더위처럼 갑갑하고 아린 감정을 일으킨다. 시 「아리다」와 「허수아비」는 대상과 시적 표현이 상치되지만, 상당히 유사한 시적 방법론(동시적 혹은 동화적 상상력)을 내포하고 있는 시편들이라 할 수 있다.

처음에는 비상을 불렀지
날개 꺾인 새처럼
산다는 것을 불렀지
오월의 초이레 달처럼
북한강을 불렀지
새벽안개처럼

세상의 모든 어둠이
비가 되고

빛이 되고
빈 가슴이 되어 강물이 조금씩 거꾸로 흘러가기 시작
했지

—「비」전문

동심童心만큼이나 황보현의 시 세계에서 '비'와 '바람', '별'
은 중요한 제재이다. 우선 "비"에 대한 시적 응집력부터 살
펴보자. 위 시 「비」는 비 오는 날 뒷골목 선술집의 풍경이 연
상된다. 굴곡진 시간을 더듬으며 푸념으로 기울이는 술 한
잔과 노랫가락이 빗줄기를 배경으로 흘러넘친다. 메들리처
럼 노래는 이어지고, 비는 하늘이 대신 흘려주는 '눈물'인 양
"세상의 모든 어둠"을 씻으며 가슴속 응어리를 해소시킨다.

위 시에서 비를 눈물로 여기도록 장치한 것은 비 오는 날
에 술 한잔을 기울이며 부르는 노래들인데, 그것은 "비상"
에서 시작하여 "산다는 것"으로 이어지다가 "북한강"으로
모여들며, 뜻밖에도 노래 부르는 이의 "빈 가슴"에 젖어들
며 내면의 강물(눈물)을 이루는 경험을 하게 한다. 이 '강물'
은 비 오는 날 부르는 노랫가락에서 자연스레 흐른다. 마치
젊은 날의 "비상"이 못다 이룬 현재의 꿈으로 꺾여, "산다는
것"을 깨닫게 하듯, 노래는 "세상의 모든 어둠"의 "빛"이 되
거나 "비"가 되어 지난 삶을 되비추어 주며 가락을 타고 흐
른다. 이처럼 시인의 가슴을 적신 비 오는 날은('비'로 남아 위
시의 제목이 되었지만) 빈 가슴에 거꾸로 흐르는 강물처럼 "비
상"과 "산다는 것"과 "북한강"과 "새벽안개"를 연달아 불러
젖히며, 비처럼 젖어드는 눈물겨운 마음을 한껏 쏟아낸다.

비처럼 노래처럼, 시는, 그렇게 치유로 채워진다.

강과 언덕 사이에 파도가 밀려온다 붉은 결로 그녀는 길게 누워있다 여름의 무더운 시간이 더디게 지나가고 있다 초록들이 층마다 무서운 틈을 내고 있다 서로 다른 근원에서 출발했으므로 절벽의 선은 끊어지고 이어지고 결을 따라 쪼개지면서 바람에 단단해져 간다 초록의 물때가 지나간다

바다로부터 출발한 근심들이 땅을 향해 부글거리며 하얗게 올라온다 경계를 넘어가는 물결 경계를 넘는 일은 하늘과 바람의 일이다 물결에 이골이 난 울음들 둥글게 엉기어 느리게 산을 향해 오른다

사람들은 나무를 잘라 계단을 만들고 있다 죽은 나무로 만든 계단 사람들은 계단을 오르고 싶어 했다 계단은 모래에서 시작하고 모래에서 끝이 났다 죽은 나무들은 모래에 머리를 묻고 있다

눈을 바다에 묻은 바위들이 앞이 안 보이는 사랑으로 엎드려있다 거북의 등처럼 갈라져 간다 갈라진 골마다 층들은 내려앉고 길 잃은 어린 게들이 기어 다닌다

그가 그녀를 향해 걸어온다 그녀는 이제 그를 등 뒤에 그림자 없이 세운다 반듯하게 있는 그대로 그의 붉은 물결과 푸른 물결을 세운다 바람결을 세운다 그의 어깨를 넘어오는 바람 그 바람을 타고 그녀는 천천히 뒤돌아 걷는다 이제 걸을 수 있다 저 바다 끝을 향해 걸어간다 저 수평의 평

평한 빛 속으로

—「채석강」 전문

"비"에서 눈물을 읽고 눈물겨운 노래를 부르며 오월의
초이레를 기억하듯, "바람"은 앞이 안 보이는 사랑과 골마
다 쏟아지는 붉은 물결과 푸른 물결의 '(마음)결'로 그려진
다. "바다로부터 출발한 근심들이 땅을 향해 부글거리며 하
얗게 올라온다"는 표현과 "바람에 단단해져" 가는 "초록의
물때"가 "강과 언덕 사이에 파도가 밀려"오는 모습으로 포
착된 것은, 지나간 일들이 반추되며 서로 부딪히다가 하얗
게 파도에 얹어져 부서지는 마음의 흔들림으로 다가온다.
그런데 비와 파도가 일으키는 물성水性 만큼이나 '바람'의 손
길은 황보현의 시적 원천이라 할 수 있다.

마음의 뒤란에 바람이 지나간다. 뒤란에는 늘 주인 모르
는 다른 이야기가 있다. 뒤란에서 양하잎 몇 장 걷어다 무
시루떡을 앉힌다. 무거운 바람이 쩍쩍 붙어대며 분다. 무
거운 바람일수록 몸에 붙어선 좀처럼 떨어지지 않는다. 솥
안에서 바람 소리가 난다. 부글부글 속이 끓어오른다. 끓
어오른 물은 위로 열기를 푹푹 뿜어 올린다. 사방으로 김
이 소리를 내며 새 나간다. 소리가 나는 것은 아직 덜 익었
다는 것. 시루의 층층마다 김이 새지 않게 떡 반죽을 단단
히 이겨서 틈새를 막는다. 동굴같이 숨 막히는 답답한 시
간, 무의 아린 맛을 삼킨다. 잘 익은 무시루떡은 바람과 바
람이 몸 섞는 소리. 결코 마음을 드러내지 않던 아버지의

들큰한 맛이 있다.

─「뒤란에 부는 바람」 전문

황보현 시인의 등단작인 「뒤란에 부는 바람」은 마음의 뒤
란을 들여다보게 하는 "바람"이 등장한다. "무시루떡"을 앉
히던 날을 기억하게 하는 것은 "바람"인데, 이 바람은 "무거
운 바람"으로 불어온다. 이른바 "무거운 바람"이란 몸에 붙
어서 좀처럼 떨어지지 않는 기억의 파편들을 몰고 오는 바
람으로, 시루에서 떡이 익어가는 순간에 들리는 "바람과 바
람이 몸 섞는 소리"와도 같이 진득하고 강렬한 것이다. 시
인은 바람 부는 소리에서 무시루떡이 익는 소리를 떠올리
다가 "결코 마음을 드러내지 않던 아버지"에 대한 기억에
다다른다.

삼청각 정면의 재색 벽에 조각보 한 장이 걸려 있습니다.
커다란 사각형의 조각보 안에는 조각조각 사각형이 보일 듯
말 듯한 바늘땀으로 연결되어 있습니다. 그 흔하디흔한 꽃
잎도 한 장 없는 속내가 궁금해집니다. 손가락 한 마디 혹
은 두 마디 세 마디의 마디를 연결하고 있는 사각형. 소목
의 붉은 물과 치자의 노란빛 그리고 쪽빛 잿빛이 조용히 넘
실대고 있습니다. 진사辰砂 빛깔로 타들어 가던 시간과 쪽
빛을 끓이던 시간이 봄, 여름을 지나 서로 다른 빛깔로 각
을 세우며 가을, 겨울 붉고 흰 울림을 만들고 있습니다. 조
선의 어느 규방의 여인이 몬드리안이 되고 몬드리안은 다시
여기에서 조각보를 읽고 있는지도 모릅니다.

조각보를 이루는 한 올 한 올에는 내 첫사랑의 물소리가
흘러가고 흘러가서는 영영 오지 않는 이룰 수 없는 사랑의
빛깔들이 인연의 다른 길과 섞여 또 다른 길을 만들고 그래
서 내가 여기 서 있는 것이 우연이 아니고 조선 여인이나 몬
드리안으로 거슬러 오르다보면 어쩌면 한 피를 나눈 여인들
일 것이라는 생각을 문득 하게 되었는데요, 취한당 낮달에
잠긴 취한당…… 그런 솔향기와 항아리의 그림자 조각보의
시간들 속에서 오래오래 천천히 함께하고 싶은 그런 사람
과 밥을 먹고 싶었습니다.

—「인연」 전문

등단 초기부터 이야기의 구조에 관심을 가진 황보현 시
인은 "조각보" 한 장에 그려진 사각의 노란 치자빛, 쪽빛,
잿빛에서도 들끓는 봄, 여름, 가을을 느끼고, 연이어 조선
의 규방 여인과 몬드리안을 호출한다. "삼청각 정면의 재색
벽"에 걸린 조각보가 어느새 "첫사랑의 물소리"를 내며 흘
러가듯, 이 "사랑의 빛깔들이 인연"의 길과 섞여 다른 길(인
연)을 내고 있는 것을 목도한다. 시간의 경계는 허물어져서
동양의 조선 규수와 서양의 몬드리안이 화자 앞에 한데 모
여 "솔향기와 항아리의 그림자 조각보의 시간들 속에서 오
래오래 천천히 함께" 밥을 먹는, 정서적인 치유의 시간을
불러일으킨다.

녹우당에 앉아서 덕음산을 바라보니
비자나무 수피 속에서 숨비 소리 들려온다

나후성 계도성처럼 촘촘한 나이테처럼

깎아도 깎아내어도 바윗덩이의 푸른 울음들
낮에는 해를 지키고 밤에는 달을 지킨다
깎아도 깎아내어도 바윗덩이는 깊고 푸르다

총총한 나이테들은 폐허이고 거울이다
너의 뼈를 만나는 그날까지 비밀을 간직한다
고운 숨 나무에 올라 탯줄은 자라난다

—「나계성」 전문

그런데 '별'이야말로 황보현 시인의 지향점을 보여 주는
대상일 것이다. 해와 달을 지켜주는 별 이름인 "나후성 계
도성"의 준말이 "나계성"이다. "나계성"은 해와 달을 지켜
주듯 지상의 모든 생명들의 "비밀"을 간직하고 있다. "덕음
산" 아래의 "비자나무 수피 속"에 깃든 "숨비 소리"와 나무
들의 "나이테"는 시간의 "푸른 울음"들을 간직한 "폐허이고
거울"에 다름 아니다. 그런데 지상의 모든 시간의 소리를
담고 있는 나계성의 의미를 정확히 짚어보려면 '진성軫星'의
시간도 더듬어보아야 한다. 시「진성軫星」에는 이런 구절이
첨언되어 있다.

알에서 올챙이로 변신했다가 꼬리를 잘라내며 새로운 언
어를 가지게 되었다. 이를테면 그것은 격정과 사랑에 대
한 혹은 받아들임과 흘려보낸다는 것 등의 언어인데 어떤
학문적으로 과학적으로 아무런 연관관계와 시스템 체계가

없는 것이었다. 아무래도 별은 제 궤도를 돌기 마련이므로 떠도는 배꼽을 가질 수는 없었다.

―「진성軫星」 부분

배꼽은 수태의 경험을 간직한 증거물이기도 하다. 탄생을 전제한 흔적이 배꼽에 기실 남아있다. "진성軫星"은 이십팔수의 스물여덟 번째 별로서, 주성主星은 까마귀자리의 감마성이다. 그러니까 시인이 밝힌 대로 "주작의 꼬리에 해당하는 별"이다. "언어"가 생성되고 "격정"과 "사랑"이 움튼 "배꼽"과도 같은 이 별자리를 시인은 "진성軫星"의 의미에 각인시킨다. 그렇다. 시인은 스스로의 기원을 '별(자리)'에 두고 있다. 생명의 있고 없음을 주관하는 하늘의 법칙이 이처럼 시인의 "별"로 그려진다.

그러고 보니 나무의 나이테를 주관한 "나계성"은 해와 달의 움직임을 또한 주관하며 결국 나의 언어를 탄생하게 한 모태 즉 배꼽에 새긴 '별과 같은 것으로, 시적 원천과도 통하는 것이라 할 수 있겠다. 이처럼 비, 바람, 별이 트라이앵글을 이루는 황보현의 시는 나와 당신의 마음을 슬며시 어루만지며 지나가는 치유의 시편들인 것이다. 하면 시인을 비롯한 우리는 언젠가는 (시인의 기대처럼) "오로라가 있는 알래스카"(「늪」)에 다다를 수 있을 것인가. 그때까지는, 비와 바람과 별 그리고 시와 시인의 마음을 기억하며, 기꺼이 이 지상에서 아득하지만 담담하게, 한 생을 살아내야 하리라.